달마루에
사는 나무들

달마루에 사는 나무들

안영옥 동화집 박희선 그림

이끔

작가의 말   **06**

달마루에 사는 나무들   **11**

꽃들의 여행   **24**

붕붕이 집에 놀러와   **42**

어느 달달한 가족   **54**

으뜸이 되고 싶어   **66**

누가 내 친구야?   **75**

'한때'가 다 '좋은 때'

어린이 여러분, 안녕하세요?

어느 가을날, 저는 고요한 숲속을 거닐었어요.

커다란 참나무 한 그루가 허리를 잔뜩 구부리고 속삭였어요.

"이 숲에 오신 걸 환영해요."

참나무는 곁가지와 잔가지를 널따랗게 펼쳐서 반겨주었어요.

"고마워요."

그 순간 갈바람이 불어와 참나무 이파리를 건드렸어요.

단풍으로 물든 예쁜 참나무 잎이 제 머리 위로 흩날렸어요.

환영의 축포였어요.

'나를 이토록 반겨주다니.'

눈물이 나올 정도로 가슴이 벅찼어요.

숲속은 저의 메마른 영혼을 적셔주는 유일한 통로에요.

여러분,

누구나 살다보면 힘들고 지칠 때가 있어요.

그럴 때면 저처럼 숲속에 한 번 가보세요.

크고 작은 나무는 물론 곤충과 새들까지 여러분을 반겨줄 거예요

잠시 눈을 감고 푸른 공기를 흠뻑 들이마셔 보세요.

숲멍을 때리다 보면 모든 피로가 풀리면서 몸이 한결 가벼워져요.

이 동화책은 단편으로 엮어졌어요.

모두 여섯 편인데 이야기를 거의 의인화 시켜서 쓴 책이에요.
자연 속 생물들을 등장시켜 재미있게 풀어냈어요.

저는 어린 시절 부모님으로부터 항상 듣고 자란 말이 있어요.
불평만 할라치면 '다 한때란다'하고 못을 박았어요.
무슨 일이든지 할 시기가 따로 있다는 말이에요.
그때는 이 말이 정말 싫었어요.
도대체 그 한때란 때가 언제인지,
또는 끝이 있는 것인지 알지 못했어요.
그런데 돌이켜보면 공부할 시기도 다 한때란 걸
어른이 되어서야 알았지요.

여러분들도 지금 '다 한때'를 겪고 있다고 생각하면 될 것 같아요.

비록 힘들고 어렵지만 열심히 하다보면

반드시 좋은 기회가 찾아올 거예요.

결론은 '한때'가 다 '좋은 때'라고 말해주고 싶어요.

이 동화가 여러분들에게 조금이라도 위로가 되고,

마음이 옹달샘처럼 맑아진다면 더없이 좋겠어요.

저는 언제까지나 여러분들을 응원합니다.

2024년 12월 겨울로 가는 길목에서

동화작가 안영옥이 말하다

달마루에 사는 나무들

달마루는 달빛마을 꼭대기에 있는 언덕 이름이에요.

엷은 봄 햇살이 나앉은 오후, 달마루에 살고 있는 산벚나무는 온몸이 나른했어요. 크고 작은 가지마다 흐물흐물 풀리는 거예요.

"으아항~ 졸려!"

하품이 나올 때마다 잎사귀들이 아래로 몸을 부렸어요. 안간힘을 썼으나 자꾸 잠이 쏟아져 왔어요. 산벚나무는 자울자울하다가 이내 잠들고 말았어요.

그 사이에 산벚나무 아랫배에 얹혀사는 벌집에서는 꿀벌들이 쉴 새 없이 윙윙거렸어요. 산벚나무가 잠이 들자 여왕벌은 작은 소리로 타일렀어요.

"쉿! 조용, 조용…"

꿀벌들은 여왕벌의 말에 입을 다물었어요. 산벚나무는 성격이 여간 까다로운 게 아니었어요. 한번 트집을 잡으면 쉽사리 달래기 어렵기 때문이에요.

"애들아, 우리 잠시 나갔다 오자. 산벚나무가 잠이 깨면 또 우리 탓이라면서 달달 볶을지도 몰라. 어서 나가자."

한참 재밌게 꿀을 따고 있었는데 기분이 나빴어요. 꿀벌들은 대나무밭으로 들어갔어요.

'하여간 까다롭기는. 흥, 칫!'

꿀벌들은 속으로 투덜대면서 구시렁거렸어요.

산벚나무는 밤잠보다 낮잠을 더 중요시할 때가 많아요. 낮잠 자는 시간에 시끄럽게 굴면 몹시 화를 냈어요. 하지만, 꿀벌들은 산벚나무의 투정을 다 받아주었어요. 왜냐면 산벚나무에 꽃이 피면 얼마나 꽃송이가 봉글봉글한지 마치 함박꽃을 보는 것 같았거든요. 새봄에 꽃이 뽀얗게 피어오르면 마을이 온통 꽃등을 달아 놓은 것처럼 밤까지 환했으니까요. 그 환한 봄꽃에 꿀벌들은 신이 나서 꿀을 모았어요.

한편, 달마루 텃밭에서 크는 똘감나무는 몸이 늙어서 꼴이 말이 아니었어요. 키는 산벚나무보다 훨씬 컸어요. 하도 커서 산벚나무와 이야기를 나눌 만큼 가까웠어요. 그런데 산벚나무는 똘감나무를 쳐다보지도 않았어요. 자신보다 똘감나무의 나이가 몇 곱절 더

많은데도 말이지요. 힘센 바람이 힘자랑을 하면 두 나무의 가지가 부딪치기도 한답니다. 그럴 때마다 산벚나무는 재수 없다면서 똘감나무를 힘껏 떼밀었어요. 실은 똘감나무도 깐깐한 산벚나무가 못마땅하기는 했지만, 이곳에서 가장 눈부시고 아름다운 꽃을 피운다는 점은 인정해 주었어요.

추울 때는 잠잠한 채 겨울을 났어요. 그런데 산벚나무와 똘감나무는 서로 흠이 한 가지씩 있답니다. 산벚나무는 아랫배가, 똘감나무는 가슴팍이 푹 꺼져서 볼품이 없었어요. 움푹 팬 크기로 치자면 똘감나무가 훨씬 더 커요. 그만큼 산벚나무보다 더 오래 산 거예요. 똘감나무가 산에 살았다면 아마 나무신령이 되었을지도 몰라요.

하루는 산벚나무가 키 큰 대나무까지 다 불러 모으더니 똘감나무를 가리키며 흠을 들추었어요.

"애들아, 저 똘감탱이 가슴 좀 봐라. 우리 달마루 풍경이 말이 아니다. 그렇지?"

산벚나무는 똘감나무를 한사코 똘감탱이라고 불렀어요. 하지만 다른 나무들은 못들은 척 했어요. 똘감나무는 오랫동안 달마루에서 가장 지혜로운 나무였기 때문이에요. 산벚나무는 일부러 꿀벌 집으로 채운 자신의 아랫배를 보란 듯 내밀었어요. 정교하게 지은 꿀벌 집이 산벚나무의 아랫배를 꽉 채워 보기에도 대단해 보였어요.

"음 하하하!! 껄껄껄!!"

산벚나무는 더욱 더 자신의 아랫배에 힘을 주었어요.

부드러운 바람이 이는 날, 커다란 꿀벌 한 마리가 똘감나무 주변을 맴돌고 있었어요.

똘감나무는 굵고 낮은 소리로 반겼어요.

"안녕? 어서 오너라."

꿀벌은 뭔가 할 말이 있는 것 같았어요.

"네 저는 여왕벌을 모시는 황금벌이라고 해요."

"쉬어 가렴, 난 꽃도 한참 있어야 필 텐데 줄 게 없구나."

"괜찮아요. 앉았다만 가도 편안해요."

똘감나무는 황금벌이 편하게 쉬다 가도록 넓은 잎사귀로 안내했어요. 황금벌은 여왕벌의 명령에 따라 새로운 집을 찾아보고 있었어요.

"저어, 똘감나무님. 실은 우리 집이 조금 불편해서요."

"아니, 왜?"

"집은 정말 좋은데, 맘이 영 편치 않아요."

"그래도 그만한 집은 어디에도 없어. 꽃은 또 얼마나 풍성하니."

황금벌은 아예 자리를 잡고 하소연을 늘어놓았어요.

"주인이 워낙 까다로워 맞추고 살자니 힘들고, 나오자니 마땅한 곳이 없고…. 고민이 이만저만이 아니에요. 올해는 불어나는 식구도 몇 곱절 더 많아질 텐데."

"하지만 나간다고 하면 산벚나무가 몹시 서운해 할 거야. 좋은

것만 생각해. 그래도 산벚꽃 꿀맛은 끝내주잖아. 안 그래?"

똘감나무는 꿀벌들의 어려운 속사정은 잘 모르지만, 무조건 맞
장구칠 수는 없었어요. 달마루 식구들이 서로를 생각하는 마음을
소중하게 여겼거든요.

똘감나무는 황금벌의 말이 마음에 걸렸어요. 그날 이후부터 똘
감나무는 할 일이 한 가지 너 생겨버렸어요. 꿀벌들이 세발 딴마

16

음을 먹지 않도록 챙겨보는 일이었어요. 꿀벌들이 떠난다면 산벚나무는 틀림없이 서운해서 앓아누울 것이 분명해요. 귀찮은 듯 행동하지만, 꿀벌을 품고 있다는 것을 늘 자랑했거든요. 산벚나무의 앓는 소리를 오랫동안 들을 생각을 하니 눈앞이 캄캄했어요.

달마루에 사는 나무에서 새들이 목청을 높이고 있어요. 아침에는 휘파람새가, 낮에는 멧새와 멧비둘기가, 저녁 때는 두견새가 번갈아 가면서 노래하고 있지요. 달마루는 유난히 새 종류가 많아서 소리가 제각각이에요. 마치 새 콘서트장 같아요.

한갓진 오후, 달마루가 갑자기 떠들썩했어요. 오토바이 한 대를 몰고 온 아저씨 한 분이 똘감나무를 위아래로 계속 훑어보는 거였어요. 주변의 나무와 새들은 그 자리에서 꼼짝하지 않고 아저씨를 지켜보고 있었어요. 아저씨는 오토바이에서 기계를 꺼내고 사다리를 타고 올라갔어요. 그러더니 전기톱을 글쎄, 똘감나무의 허리에 대지 않겠어요?

"앵앵앵~ 쩌억!"

똘감나무는 순식간에 반 토막이 났어요. 똘감나무는 기절을 했어요. 봄 햇살을 받아 윤기로 반짝반짝하던 잎사귀, 꽃 지고 그 자리에 똘감이 생기려던 찰나, 조금이라도 생기 있게 살아보려고 온갖 힘을 쓰고 있던 똘감나무는 일순간에 무너졌어요. 다른 나무와 새, 그리고 작은 동물들과 곤충들은 그대로 얼어붙고 말았어요. 매정한 아저씨는 그렇게 똘감나무를 쓰러트리고 팽 가버렸어요.

그걸 본 산벚나무가 헛웃음을 뿌리며 기어코 한마디 던졌어요.

"세상에, 이게 웬일이라니? 앞뒤 안 보고 키만 키우더니 저게 뭐야. 허리만 싹둑 잘라내 반 토막이 됐잖아. 못 보겠어."

그 말을 들은 황금벌이 산벚나무 코앞으로 날아갔어요.

"이보세요, 남의 일이라고 그렇게 함부로 말하는 거 아니에요!"

산벚나무는 무안한지 입을 다물고 고개를 돌렸어요. 황금벌은 곧장 날아가서 똘감나무에 앉았어요. 똘감나무는 그제야 정신이 드는지 반쪽이 된 몸을 달싹였어요.

"흐엉엉! 똘감나무님, 괜찮으세요?"

"와줘서 고마워. 울지 마. 그래도 절반은 남았어."

"……."

똘감나무는 무거운 짐을 벗은 것처럼 홀가분하다고 했어요. 볼썽사납게 잘리긴 했지만 왠지 편안해 보였어요. 남아 있는 감이라도 튼실히 자랄 수 있게 되어 다행이라고 했어요. 황금벌은 그런 똘감나무가 정말 대단하다고 생각했어요.

달마루 언덕에 봄이 가고 무더운 여름이 달려왔어요. 간혹 들리는 두견새 소리가 슬프게 들렸어요. 똘감나무 때문이었을까요?

산벚나무는 무성한 이파리를 키우면서 모든 새들을 불러들였어요. 키 큰 똘감나무가 눈엣가시였는데 싹둑 반 토막이 되니, 더 우쭐해졌어요.

날씨는 날마다 후텁지근했어요. 달마루가 온통 푸른 숲에 싸여 있었어요. 가끔 소나기가 후두둑 치고 지나가면 더욱 평화로웠어요. 하늘 언저리엔 뭉게구름이 뭉글뭉글 피어올랐어요. 멀리 보이는 들녘은 건강한 벼들이 무럭무럭 자라고 있어요. 구불구불한 들길까지 화가가 그림을 그려놓은 듯 했어요.

더운 여름날은 가만히 있어도 등줄기에 땀이 흘렀어요. 숨이 턱 막히게 더웠어요. 산벚나무와 똘감나무도 뜨거운 여름 볕을 견디느라 지쳐서 조용했어요.

그런데, 어떻게 된 일인지 새들이 별안간 푸드덕거렸어요.

'더워 죽겠는데 웬 소란이야?'

산벚나무는 짜증이 났어요. 그래서 버럭 소리를 질렀어요.

"야! 조용히 좀 안 할래?"

달마루가 쩌렁쩌렁 울렸어요. 새들은 더 떠들었다가는 산벚나무한테 혼쭐이 날 것 같았어요. 마치 새들의 둥지를 떨어트릴 것처럼 말했어요. 그래서 조용히 낮게 가만가만 먹이를 찾아 움직였어요. 하늘은 먹구름과 흰 구름이 맞물려 요동을 치고 있었어요. 산벚나무는 소나기구름일 거라고 생각했어요.

그러나 바람이 조금씩 불더니 고약한 심술쟁이 같았어요. 바람이 덩굴째로 몰려와 사방으로 몰아치기 시작했어요. 키 작은 나무들은 무서워서 몸을 웅크리고 있었어요. 여차하면 바람이 회오리바람으로 변할 기세였어요. 여기저기에서 몸 약한 나뭇가지들이 바람에 꺾이기 시작했어요. 살구나무와 자두나무는 서로 넘어지

지 않으려고 어깨를 꽉 잡았어요.

　무서운 바람은 밤이 깊어갈수록 더 심하게 불어댔어요. 황금벌
은 서둘러서 피할 곳을 찾아 용감한 꿀벌들을 데리고 대숲으로 날
아갔어요.

　잠시 후, 어둠 속에 큰 소리가 들렸어요. 어느 커다란 나무 한 그
루가 '쩌억!' 하고 갈라진 소리를 낸 것이었죠. 아무래도 그 소리가

예사롭지 않았어요. 또 다시 폭음이 들렸어요. 폭풍우가 몰아쳤어요. 태풍이 도착했나 봐요. 바람이 너무 거세서 집으로 다시 돌아갈 수도 없었어요. 대나무숲 바닥에 숨어서 아침을 기다렸어요.

"쾅~~ 쩍!"

새벽이 될 때까지 천둥 번개를 동반한 바람이 거칠게 몰아쳤어요. 마치 전쟁터 같았어요.

황금벌 일행은 집 걱정에 한숨도 못 잤어요. 가슴이 콩알만 해졌어요. 산벚나무 속에 있는 집이 제발 무사하기만을 바랐어요.

날이 밝았어요. 남아 있는 잔바람이 이따금씩 몰려다녔어요. 언제 태풍이 휩쓸고 갔냐 싶게 평온했어요. 꿀벌들은 산벚나무집에 들어갈 채비를 했어요.

그런데 맙소사! 그 우람했던 산벚나무가 통째로 쓰러져 있는 것이 아니겠어요?

바닥은 말할 것도 없이 난장판이 되어 있었어요.

꿀벌들은 놀란 나머지 말도 안 나왔어요. 알고 보니 밤새 들었던 굉음은 산벚나무가 쓰러질 때 낸 소리였던 거예요.

똘감나무도 여기저기 상처를 많이 입었어요. 하지만, 몸은 끄떡없었어요. 만일 똘감나무도 미리 잘리지 않았다면 산벚나무처럼 쓰러졌을지도 몰라요.

황금벌이 날개를 접고 울먹였어요.

"똘감나무님, 우리 집도 무너진 것 같아요. 남아 있는 여왕님과 아기들은⋯."

"아니야. 산벚나무가 너희들 집을 온몸으로 감싸면서 넘어지는 걸 봤어."

그때, 커다란 울음소리가 들렸어요.

"크흑, 흐흑흑!"

밑동가지만 겨우 남은 산벚나무가 목놓아 우는 소리였어요.

'꿀벌들아 미안해. 지킨다고 지켰는데 이 모양이야.'

꿀벌들은 산벚나무 품에 있는 벌집을 찾았어요. 산벚나무는 태풍에 온몸이 송두리째 동강 나면서도 꿀벌의 집을 지켰어요. 여왕벌과 아기들은 다치지 않았어요.

크게 부러진 산벚나무는 똘감나무의 마음을 알 것 같았어요.

"난 벌을 받은 거야, 이제 얼마 못 살 거야."

"무슨 말이에요. 뿌리째 뽑혔어도 살아난 나무도 있대요. 우리가 있잖아요."

황금벌은 그동안 산벚나무한테 쌓인 섭섭한 마음이 다 가셨어요.

산벚나무는 황금벌의 말에 마음이 가라앉았어요. 산벚나무는 똘감나무에게 큰 소리로 미안한 마음을 전했어요. 달마루 언덕에 새들과 나무들은 다 같이 박수를 치고 환호성을 질렀어요. 이제 꿀벌들은 달마루 언덕에서 새로운 집을 짓고 있어요. 어디냐고요? 그건 비밀이에요.

달마루에 사는 나무들

꽃들의 여행

희란이네 집 베란다에는 아주 작은 화단이 있어요. 이곳을 처음 본 사람은 작은 화단에 놀라곤 했어요. 좁다란 곳에 화단이 있는 것도 놀라운 일이지만, 이렇게 다채롭고 아름다운 꽃들이 피다니요.

싱그런 아침 햇살이 창가에 스며들고 있어요. 화초마다 햇살을 받아 잎들이 눈부신 초록을 뿜어내고 있어요. 밤새 빛나던 별들이 이곳에 내려와 앉았나 봐요. 별처럼 반짝이는 꽃들이 저마다 예쁘게 피어 있어요.

희란이는 아침에 눈만 뜨면 베란다로 나와서 꽃들에게 인사해요. 마치 친구를 만난 것처럼요.

"안녕? 재스민!"

"안녕? 풍로초!"

화초마다 일일이 이름을 불러주고 눈을 맞춰요. 며칠 전부터 재스민 꽃들이 향기를 내뿜으며 피어나고 있었어요. 희란이는 함박웃음을 지었어요. 희란이는 화가가 꿈이에요. 꽃들을 보면서 생생하게 살아있는 꽃잎을 그림으로 그리고 싶었어요.

희란이는 오늘부터 며칠 동안 체험학습을 가는데 화구를 가지고 가려나 봐요. 이번에는 미술반에서 그림 여행도 같이 간다고 해요.

"너희들 질투하지 마! 예쁜 꽃들을 보고 올게."

희란이가 급히 나간 뒤로 희란이 엄마는 거실 컴퓨터 앞에 앉아

서 꼼짝도 하지 않아요. 이따금 바람이 졸다 가고 흰 구름은 아예 쳐다보지도 않고 지나가요. 꽃들도 기지개를 한껏 켜고 하품하고 있어요. 작약이 먼저 꾸벅꾸벅 졸고 있었어요.

"띵동!"

벨이 울렸어요. 누가 왔나 봐요. 그제야 희란이 엄마는 의자에서 일어나 현관으로 나가요. 진녹색 앞치마를 걸친 아주머니 한 분이 들어오네요. 들어오자마자 거실 창가에 활짝 핀 꽃을 보더니 베란다로 나갔어요.

"어쩜 꽃들을 이렇게 잘 가꾸세요?"

계속되는 아주머니의 칭찬에 희란이 엄마는 표정이 환해졌어요. 희란이 엄마는 그 아주머니에게 꽃 가꾸는 방법을 친절하게 설명했어요. 아주머니는 신나게 맞장구를 치고 돌아갔어요. 꽃들이 환하게 웃었어요. 어깨도 으쓱 올라갔어요. 희란이 엄마는 초록색 호스로 화단에 물을 뿌렸어요.

'아이 시원해.'

물을 머금은 화초들이 좋아서 난리가 났어요. 한꺼번에 관심을 받으니까 더 신났어요.

"어휴~ 이것들아. 곧 헤어지니까 필 꽃들은 한꺼번에 다 피어라."

헉! 꽃들은 잘못 들었나. 순간 귀를 멈칫하고 물었죠.

'뭐 뭐라고 헤어진다고요?'

그야말로 화단은 갑자기 물 폭탄을 맞은 듯 정적이 흘렀어요. 화초들이 물을 먹다가 말고 멈췄어요. 도대체 희란이 엄마는 왜 그런 어마어마한 폭탄선언을 했는지 모르겠어요.

저녁에 희란이 아빠가 회사에서 돌아왔어요. 희란이 엄마는 희란이 아빠랑 오붓하게 앉아서 와인색 꽃차를 마시고 있어요. 몇 모금 마시더니 서로 어깨를 주물러 주었어요. 시원하다면서 희란이 엄마가 먼저 말했어요.

"아무래도 정리를 빨리 해야겠어요."

"그래요. 당신이 잘 나누어서 경비실 옆에 두든지, 아니면 그 아주머니께 가져가시라고 하오."

"알았어요. 아깝지만 어쩔 수 없죠."

이제야 감을 잡았어요. 희란이네가 시골에 집을 짓더니 이삿짐을 정리하는 모양이에요. 아니 그렇다면 화초를 모두 시골로 옮기면 되는데 굳이 나눌 필요가 있을까요. 아무리 생각해도 이해할 수가 없었어요. 이러다가 희란이가 없을 때 설마 일을 저지르는 것은 아닌지 꽃들은 갑자기 불안해졌어요.

화단은 우울한 기운이 가득했어요. 희란이 엄마가 빨래를 널 때였어요. 키가 큰 남천이 치맛자락을 붙잡고 부탁했어요.

'희란이 엄마. 우리들은 헤어지고 싶지 않아요.'

점잖고 기품 있는 군자란도 자존심을 다 버리고 말했어요.

'희란이 어머니. 우리랑 같이 한 세월만 해도 십수 년인데 서운한 마음이 드네요.'

이번엔 색색으로 핀 제라늄들이 제각각 손을 모으고 애원했어요.

'희란이 엄마. 우리가 처음 만났을 때를 기억해 주세요. 제발!'

키 작은 꽃들도 숨을 고르고 지켜봤어요. 하지만 희란이 엄마는 들었는지 못 들었는지 묵묵히 빨래만 널고 있었어요. 생각할수록 희란이 엄마가 괘씸해서 재스민이 투덜댔어요.

'뭐, 필 바에 한꺼번에 꽃을 피우라고? 대체 그게 무슨 말이야!'

재스민의 말에도 화단은 쥐 죽은 듯 조용했어요. 감기 걸린 왜철쭉의 기침 소리만 가끔 들렸어요. 초조한 마음만 커갔어요. 단지, 희망이 있다면 희란이가 빨리 돌아오기만을 바랐어요.

희란이 엄마는 부쩍 차를 자주 마셨어요. 왠지 희란이 엄마가 더 불안하고 긴장한 것 같았어요. 어쩌면 희란이 엄마도 이러는 게 싫은지도 몰라요. 하지만, 그 속마음을 누가 알겠어요.

희란이 엄마는 부쩍 자수 놓는 시간이 많아졌어요. 자수 바구니를 들고 시골에 드나들 정도였으니까요.

희란이 엄마는 정말 재주가 많아요. 글도 쓰고, 그림도 그리고, 자수까지 잘 놓거든요. 어떤 때는 화단 앞에 앉아서 차를 마시다가 벌떡 일어나서 그림을 그릴 때도 있어요. 그런가 하면 하늘을 곧잘 쳐다보는데 그 이유는 아마도, 글감을 떠올리는 것 같았어요. 어떤 때는 옷감에다 스케치한 그림을 따라 그대로 꽃수를 놓는다니까요. 하얀 천에 알록달록한 색실로 예쁜 꽃수를 놓아요. 자수를 얼마나 잘 놓는지 꽃인지 자수인지 분간을 못할 정도로 똑같아요. 요즘에는 자수에 푹 빠져 지내는 것 같아요.

자수 바구니엔 고운 색실들이 가득 찼어요. 희란이 엄마는 꽃수를 놓다가 노래를 곧잘 불러요.

"꽃밭~에 앉아~서 꽃잎~~을 보~니…"

그럴 때마다 꽃들은 희란이 엄마께 작은 응원을 보탰어요. 자수 놓고 노래하는 사이에 꽃밭은 잠시 수런거렸어요.

그런데, 그거 아세요? 꽃들도 맘을 먹으면 돌아다닐 수 있다는 것을요. 무슨 말이냐면요, 꽃들은 다른 물건 안에 숨을 수 있어요. 비슷한 색깔을 가진 물건 속으로 말이죠. 무늬가 닮았거나 색이 같으면 꽃들은 움직이는 물건 밑에 숨어서 따라다닐 수 있어요. 마치 카멜레온처럼 말이죠. 물론 뿌리는 화단에 그대로 있어요. 꽃들의 정령이 돌아다닌다고 할까요. 하지만 하루 안에 돌아오지 못하면 꽃들은 뿌리까지 시드니까 얼마나 위험한 일인지 몰라요. 그래도 화단의 꽃들은 큰맘을 먹었어요.

"언제 버려질지도 모르니까 끝까지 가 보자고"

얌전한 군자란이 처음으로 큰 소리를 냈어요.

그 말을 들은 꽃들이 희란 엄마의 자수 바구니로 쭉쭉 빨려 들어가고 있었어요. 누가 먼저랄 것도 없이 한 송이씩 한 송이씩 쏙쏙, 깡충 들어갔어요. 자수 바구니에 있던 색실이 꽃들을 위해 손을 뻗었던 거예요. 빨강 색실에 빨강 꽃이, 노랑 색실에 노랑 꽃이, 보라 색실에 보랏빛 꽃이… 눈 깜짝할 사이에 모든 꽃이 자수 바구니로 들어온 거예요.

"아, 예뻐라~"

희란이 엄마가 색실을 보고 한 말이었어요. 색실은 어느새 꽃과 하나가 됐어요. 이제부터가 중요해요. 군자란이 입에 손가락을 세우고 잘 숨지 못하는 꽃들에게 주의를 줬어요.

'쉿! 조용히 해야 해. 우린 지금부터 집을 나온 거야.'

'맞아. 희란이 엄마가 눈치채면 끝장이야.'

분홍 제라늄이 거들었어요.

그 순간부터 꽃들은 귓속말로 소곤소곤했어요.

이제 꽃들의 여행이 시작된 거예요. 희란이 엄마가 시골집에 가려고 나섰거든요. 차를 타고 한적한 도로를 달렸어요. 바람을 가르며 미끄러지듯 달리는데 공기가 상큼했어요. 도로에 부는 바람은 차들과 경주하나 봐요. 어찌나 빠른지 말도 못 붙였어요. 라디오에서 나오는 음악은 정말 신났어요. 꽃들은 참지 못하고 바구니에서 뛰쳐나왔어요. 나오자마자 리듬에 맞춰서 춤을 췄어요. 꽃들은 희란이 엄마가 안 보이는 뒷좌석에서 한바탕 신명나게 놀았어요. 드디어 차는 마을에서 제일 높은 꼭대기 집에 멈췄어요. 희란이네 시골집에 도착한 거예요. 그 집은 초가집처럼 생긴 기와집이었어요.

말로만 듣던 희란이네 시골집은 정말 예뻤어요. 집 대문이 커다란 나무로 만든 문이었어요. 대문 위에 있는 빨강 우체통에는 희란이 아빠와 엄마 이름이 곰살맞게 새겨져 있었어요. 꽃들은 자수 바구니에서 서로 먼저 보려고 밀치고 뛰면서 난리가 났어요.

아무것도 모르는 희란이 엄마는 자수 바구니를 챙기더니 대문

안으로 가지고 들어갔어요. 입구에는 예쁜 돌담으로 만들어진 우
물이 보였어요. 그 우물은 파란 하늘을 가득 담고 있었어요. 집으
로 올라가는 길은 아주 정갈했어요. 마치 아침에 학교 갈 때 막 빗
어 넘긴 희란이 머리처럼 단정했어요. 걷기도 아까운 길이였으니
까요.

　저녁때가 되어서야 손님들은 다 가고 희란이 엄마와 아빠만 남

앉어요. 꽃들은 모두 창가에 있다가 방안을 기웃거렸어요. 꽃들이 숨을 곳을 찾아 제각기 창가에 걸린 커튼으로 쏙 들어갔어요. 커튼에는 딱 숨기 좋은 꽃무늬가 잔뜩 그려져 있었거든요. 군자란은 군자란을 찾아서, 제라늄은 제라늄을 찾아서, 왜철쭉은 왜철쭉을 찾아서 모두 자기 모습이 새겨진 꽃을 찾아 들어갔어요. 그동안 희란이 엄마가 커튼에 예쁘게 수놓은 꽃 위에 포개졌답니다. 마치 꽃 요정처럼 사뿐히 앉았어요. 커튼에 수놓은 꽃은 알고 보니 글쎄 희란이네 베란다에서 피는 꽃들이지 뭐예요. 희란이 엄마가 감쪽같이 꽃수를 놓았던 거지요. 봉글봉글 크고 예쁜 꽃부터 하늘거리는 작은 꽃까지 꽃들이 사는 방이었어요.

꽃들은 희란이 엄마가 조금은 싫증났을 거라고 생각했어요. 때가 되면 꼬박꼬박 화초에 물주는 일이 보통 일이 아니었어요. 그래도 화단의 꽃들을 생각하며 꽃수를 놓은 것은 고맙다고 생각했어요.

'여기서 살면 정말 좋을 거야.'

드디어 제라늄이 모두가 원했던 말을 끄집어냈어요. 말은 하지 않았지만 내심 시골집에서 살고 싶은 마음이 간절했어요.

'그러면 희란이를 매일 못 보잖아.'

작약꽃이 희란이를 떠올렸어요.

그때, 마당을 빙빙 돌던 명지바람이 열린 창문으로 들어왔어요.

"아니 너희들 아직도 여기 있었니?"

"네 우리 맘대로 갈 수가 없어서요."

"너희들 서둘지 않으면 큰일 날 텐데…."

명지바람의 말은 꽃들은 이곳으로 이사할 수 없다고 했어요.

"오늘 밤까지 돌아가지 않으면 너희들은 다 말라버리고 말 거야. 마을 입구에 너희들처럼 나왔다가 돌아가지 못한 꽃들이 얼마나 많이 떨어져 있는지 몰라."

그 말을 들은 꽃들은 갑자기 무서워졌어요. 희란이랑 인사도 안 했는데 돌아갈 수 없다고 생각하니 무섭고 슬펐어요.

군자란이 나섰어요

"어떻게든지 돌아가야 해. 그래야. 희란이를 볼 수 있어."

이런저런 이야기들이 나왔지만, 이 대목에서는 아무도 토를 달지 못했어요. 날마다 베란다에 나와서 꽃들과 인사를 나눈 희란이를 생각하니 갑자기 눈물이 나오려고 했어요.

명지바람이 나갔다 들어오더니 반가운 소식을 알렸어요.

"희란이가 돌아왔대. 너희들 이제 갈 수 있어."

희란이가 꽃들을 다 살려냈어요. 희란이 엄마 아빠가 집에 가려고 일어섰어요. 다행히 자수 바구니를 커튼 옆에 두었어요.

"희란이 곧 온다니까 서둘러서 갑시다."

희란이 아빠의 반가운 목소리가 들렸어요.

꽃들은 서둘러 커튼 속 꽃들과 헤어져야 했어요. 처음 올 때처럼 자수 바구니에 뛰어들었어요. 감쪽같이 스며들었죠. 희란이 엄마와 아빠는 가는 내내 희란이의 그림 이야기를 했어요.

드디어 반가운 희란이가 돌아왔어요. 피곤에 찌든 채 왔어요. 희란이는 씻자마자 제 방으로 들어가서 콜콜 잤어요. 창가에서 남천이 그동안에 있었던 얘기를 해보려고 눈치를 봤지만, 소용이 없었어요. 세상 모르고 곤히 잠들어 있었어요. 모르긴 해도 다음 날 아침 학교 갈 때까지 잘 기세였으니까요.

참다못한 남천이 나팔 손을 만들어 외쳤어요.

'희란아, 빨리 일어나 봐. 너 없는 동안에 큰일이 일어났어.'

하지만 희란이는 쿨쿨 자느라 바빴어요.

아침이 되자 희란이는 맨 먼저 화단으로 다가와서 꽃들을 보고 반겼어요.

"우쭈쭈쭈. 잘 있었어? 이뻐 이뻐!"

이번에는 다육이가 나서서 투덜거렸어요.

'이쁘면 뭐해. 너네 엄마가 우릴 다른 데로 갈라서 내보낸대. 쳇!'

희란이는 당연히 꽃들의 말을 알아들을 리가 없죠. 아무리 꽃들이 재잘거려도 어쩔 수 없잖아요.

그런데 그날 저녁에 고맙게도 희란이가 알게 되었어요.

"희란아, 엄마가 시골집 다니느라 힘드니까 일을 줄이려고 해."

"어떻게요?"

"우선 베란다에 있는 화분부터 정리하려고."

"안 돼요!"

희란이는 벌떡 일어나서 소리쳤어요. 그 소리에 희란이 엄마도 눈이 똥그래졌어요.

'그럼 그래야지. 암 그렇고말고!'

꽃들이 화단에서 맞장구치는 말이에요.

"야. 너는 물 한 번도 안 주면서 웬 큰 소리야?"

"엄마. 베란다에 화초가 하나도 없다고 생각해 봐요. 끔찍해서 상상도 하기 싫어요."

"몰라. 화초가 뭐 밥 먹여주니."

'아니 식구대로 마음속 밥을 그렇게 꼬박꼬박 챙겨드셨으면서. 진짜 서운해요.'

가만히 지켜보던 화단 식구들은 희란이 엄마가 그렇게 쌀쌀맞은지 몰랐어요. 새꽃이라도 필라치면 완전 좋아서 호들갑을 떨었거든요

어쨌든 힘들긴 힘든가 봐요. 이렇게 세게 나오는 말 펀치는 처음이거든요.

"난 반대예요. 우리 집은 항상 나무와 꽃들이 이렇게 많으니까 숲처럼 좋단 말예요."

"아빠랑 얘기 다 끝났어."

희란이는 벌떡 일어나더니 발을 통통거리면서 방으로 들어가

버렸어요.

'근데 누가 이겼지?'

화초들은 다 들었는데도 아무도 결말을 몰랐어요. 하기야 화단 가꾸는 일이 장난이 아니거든요. 청소하는 일도 끝이 없어요. 꽃들이 계속 피고지고 하기 때문에 시든 꽃잎들은 일일이 따주고 치워야 해요. 게다가 거름과 영양제도 제때 줘야 잘 자라거든요. 그대로 놔두면 엄청 지저분해요.

화단 속 꽃들은 정말 희란이네 집에 많은 일을 해줬어요. 희란이는 학교에서 글짓기를 할 때마다 상을 타곤 했어요. 주제는 항상 '식물 사랑'이었어요. 식물은 물론이고 화단에서 자라는 민달팽이, 공벌레, 지렁이 등은 또 얼마나 많고요. 얘깃거리가 많아 희란이 연필 끝에서 오는 화단 사랑은 끝이 없어요. 꽃 한 송이 가지고도 얼마나 표현을 잘하는지 희란이 부모님은 더 잘 아시겠죠.

우리 화단 식구들과 희란이는 같은 편이고, 희란이 부모님은 다른 편이에요. 알고 보니 희란이가 체험학습 갔을 때 방문한 그 아주머니도 수상했어요. 화단을 보고 유난히 좋아한 것에 진작 눈치를 챘어야 했어요.

희란이야말로 시무룩한 채 학교를 다녔어요. 하교 후에 가는 학원 길은 더욱 힘들었죠. 보다 못한 아빠가 희란이를 달랬어요.

"화단은 시골에도 있잖아. 꽃은 주말에 가서 보면 돼."

날마다 보는 꽃과 주말에 가서 보는 꽃이 어떻게 같을 수 있을까요. 희란이가 보기엔 아빠도 엄마랑 똑같이 냉정했어요.

"엄마 말대로 하자. 네가 이해해야지."

"날마다 꽃 보고 힘내는데도요?"

아빠한테 사정했으나 소용이 없었어요. 아빠는 중간에서 곤란한 처지에 놓였어요. 희란이 엄마는 무조건 뜻을 밀고 나갈 궁리로 메모까지 했어요. 화초 별로 분류를 해서 골고루 나눌 참인 거예요. 우리 화단 식구들이야 어디를 가든 살기만 하면 그만이지만 희란이는 아니거든요. 아기 때부터 정이 들어 가족처럼 지냈으니까요. 그것보다 희란이는 화분 속 꽃들을 워낙 좋아했어요.

화단의 꽃들은 여전히 피고 지고 하지만, 그 전처럼 재미가 없었어요. 또한 이사 가려고 날 받아 놓은 집처럼 가꾸어 주지도 않네요. 희란이네 집이 꼭 다른 집 같아요. 서로가 괴로워하고 있잖아요. 정말 이별은 준비 없이 해야 하나 봐요.

캄캄한 밤이에요. 송편달이 화단을 기웃거리면서 살피고 있네요.

"무슨 일 있니?"

"네. 근데 모른 척해주세요."

"시간이 가면 다 해결될 거야. 바이."

그날따라 송편 달의 말이 가슴에 와 닿았어요.

앗! 그런데 희란이가 거실로 나오더니 양초에 불을 켰어요. 한밤중인데 어떻게 된 일일까요. 한번 잠들면 업어 가도 모르는 잠자는 공주 희란이가 잠을 안 잔 거예요.

희란이는 결심을 했어요. 베란다 앞에 스케치북을 펼쳐 놓고 물감을 풀었어요. 밤새 화단에 있는 꽃들을 그림으로 그리기 시작했어요. 이제 다시는 꽃들을 보지 못할 것을 생각하니 눈물이 뚝뚝 떨어졌어요. 밤새 그림을 그리는 희란이를 아빠가 봤나봐요. 희란이 등 뒤에서,

"그놈 참!"하면서 딱 한마디만 하고 아빠가 방에 들어갔어요..

희란이는 마지막 꽃을 다 그린 뒤에 화단에 있는 꽃을 둘러보더니,

"힝. 밤에도 이렇게 예쁘게 빛나는데 어떡해. 내 고운 아가들. 흑흑."

하고 희란이는 끝내 눈물을 또르르 흘리고 말았어요. 화단 식구들도 당연히 눈물바다였죠. 희란이가 '내 고운 아가들'이라는 말에 더 엉엉 울었죠. 한마디로 감격과 감동의 순간이랄까요.

"희란아, 세수하고 밥 먹어."

지난밤을 꼬박 새운 희란이는 시계를 보자 후다닥 일어났어요. 하마터면 지각할 뻔했어요. 당번이라 빨리 가야 했어요. 희란이는 한결 가벼운 기분으로 식탁에 앉았어요.

"내가 졌다. 아빠가 너 클 때까지 화분 그대로 두래."

"와. 정말이에요?"

"그 대신 물 당번은 아빠랑 둘이 정해. 난 청소만 하기로 했어."

희란이는 벌떡 일어나서 엄마를 확 껴안았어요. 엄마는 뒤로

넘어질 뻔했죠.

　희란이 집은 다시 달콤한 아침이 시작되었어요.

　그때 화단 꽃들 분위기는 어땠냐고요?

　글쎄요. 상상에 맡길게요.

붕붕이 집에 놀러와

동그란 연못에 금붕어 한 마리가 살고 있어요. 금붕어 이름은 붕붕이에요. 붕붕이는 어항에서만 살다가 어느 날 시골 연못으로 옮겨졌어요. 주인집 딸은 붕붕이에게 넓은 세상을 알려주고 싶었어요. 어항 속에서 일생을 제자리만 돌다가 간다는 말을 선생님에게 들었거든요. 좁은 어항에서 빙빙 돌기만 하던 붕붕이는 넓고 넓은 연못에 오게 되자 너무너무 바빠졌어요.

아침에 일어나서 산책할라치면 벌써 흰 구름이 찾아와 물었어요.

"안녕? 어제 밤늦게까지 놀아서 피곤했지?"

흰구름에게 대답을 하기도 전에 물풀 마름이 또 말을 걸었어요.

"붕붕아, 오늘 내 몸이 자꾸 흔들릴 거야. 놀라지 마."

"왜? 바람이 미리 알려줬어?"

마름은 세모꼴 잎자루에 아침 햇살을 받고 있어요. 대답을 듣기 위해 마름을 톡톡 건드려 봤지만, 꼼짝도 하지 않았어요.

아침을 먹고 나면 개구리가 떼로 몰려와서 붕붕이랑 한바탕 놀고 갔어요. 연못을 온통 헤집어놓곤 했어요.

어쩌다 낮잠이라도 자려고 나른한 몸을 기대고 있으면 강아지

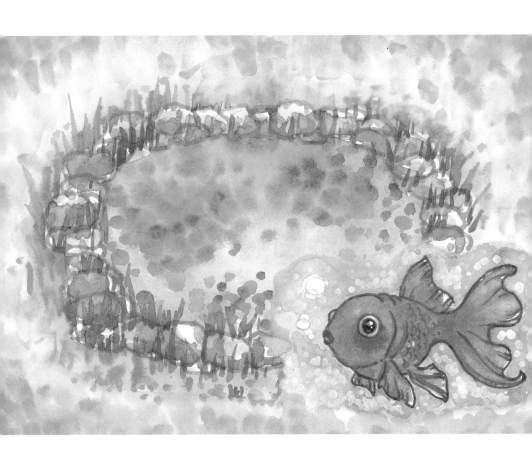

가 와서 자꾸 깨갱거려 잠을 잘 수가 없어요. 붕붕이의 하루 일과는 끝없이 바쁘게 이어졌어요.

붕붕이는 그날도 지느러미와 꼬리를 말끔하게 단장했어요. 모두가 단정한 붕붕이를 좋아하는 이유 중의 하나였어요.

그런데 붕붕이에게 고민이 하나 있어요. 바쁘게 지내기는 하지만 가족이 없었어요. 아빠 엄마와 진작 헤어져 이곳까지 오기는 했는데 갈수록 외로웠어요. 다행인 것은 붕붕이가 지난 일은 기억을 잘 못해요. 하지만 아무리 기억력이 짧다 해도 혼자 살기는 심심했어요.

다른 친구들은 몰라도 강아지가 제일 부러웠어요. 아빠랑 엄마 사이에서 산책하는 모습이 그렇게 좋아 보일 수가 없었어요.

'왜 나는 혼자일까?'

흰 구름도, 물풀 마름도, 개구리도 모두 붕붕이와 같은 생각을 갖고 사는지 알고 싶었어요.

먼저 흰 구름에 물었어요.

"흰구름님은 가족이 많으니까 좋으시죠?"

"많다고 해서 좋은 것만은 아니야. 어쩌다 먹구름까지 몰려오면 기분이 안 좋아."

붕붕이는 고개를 갸웃거렸지만, 이해는 되었어요. 좋은 것이 때로는 안 좋기도 하겠다고 생각했어요.

다음은 마름에게 물었어요.

"마름 너는 좋지? 네 가족이 옆에 붙어 있잖아."

"무슨 소리야. 저 새들처럼 훨훨 날고 싶은 날이 얼마나 많다고."

"헤헤. 수초가 꿈도 야무지셔."

하지만 붕붕이는 마름이 용감해 보였어요. 얼토당토않은 꿈을 꾸고 있는 것 같았어요. 물에서만 살 수밖에 없는 마름이거든요. 마름은 톱니바퀴 닮은 이파리를 쭉쭉 넓힐 뿐 더 이상 말을 하지 않았어요. 마름은 항상 제 할 일을 열심히 하였어요.

마름은 뭉쳐난 잎사귀 아래 사는 붕붕이를 좋아했어요.

"나를 얼마든지 갉아 먹거나 쪼아도 좋아."

붕붕이는 가끔 마름과 숨바꼭질을 하면서 장난을 치고 놀 때가 많았어요. 지느러미와 꼬리로 마름 줄기 사이를 드나들 때면 마름은 간지러워 깔깔 웃었어요. 마름은 이내 하얀 꽃잎을 틔워냈어요. 하얀 요정 같았어요. 붕붕이는 하루에도 몇 번씩 얼굴이 붉어지곤 했어요. 하지만 얼굴만큼 귀한 하얀 요정은 며칠이 멀다 하고 이내 사그라졌어요.

이번엔 붕붕이가 목을 자꾸 내밀어 개구리를 기다렸어요. 개구리는 펄쩍펄쩍 뛰어서 연못으로 풍덩 뛰어들었어요.

"에구구. 덩치는 언제 그렇게 키웠니. 나까지 주저앉겠다."

풍덩 빠지는 몸짓이 두꺼비 같았어요. 개구리는 한쪽 눈을 찡긋 감고 붕붕이를 향해 윙크를 날렸어요.

"크크. 날씨가 좋으니 요즘 밥맛이 꿀맛이야."

개구리는 볼딱지가 터지게 밥을 먹고 입가에도 묻혀 왔어요.

"한창땐가 보다. 그나저나 너는 가족이 있지?"

"뜬금없이 웬 가족?"

개구리는 붕붕이가 그날따라 이상하다고만 생각했어요.

"가족은 무슨! 많아 봐야 힘만 들지."

"혼자니까 외롭거든! 네가 혼자가 돼 봤어?"

갑자기 붕붕이는 개구리한테 턱을 내밀고 따졌어요. 개구리가 놀랐는지 물 밖으로 도망쳐 버렸어요.

다음 날이 되었어요. 어느새 또 반가운 달님이 놀러 왔어요.

"붕붕아. 잘 있었니?"

붕붕이는 안 그래도 부은 눈이 더 퉁퉁 부어 있어요.

"어! 너 울었니?"

"아니. 눈에 티가 들어갔어."

붕붕이는 달님에 속마음을 감추고 싶었어요.

달님은 그만 안심이 되었어요. 붕붕이는 항상 달님 눈속에 들어 있는 친구였거든요.

"나 말이야. 오늘은 마음이 좀 안 좋아."

가뜩이나 우울한데 달님까지 마음이 안 좋다니 궁금했어요.

"친구 소원을 들어주다가 그만, 친구를 위험에 빠뜨려 버렸어. 뒷산 꼭대기 있지. 거기에 철탑이 하나 있는데 칡넝쿨이 꼭 끝까

지 올라가 보고 싶어 해서 내가 도와줬거든. 밤마다 달빛으로 응원도 해주고. 근데 하필이면 관리하는 아저씨가 와서 밑동만 놔두고 싹둑 잘라버렸지 뭐니. 내가 너무 높이 오르면 위험하다고 했는데….”

“쯧쯧 안됐다. 근데 나도 소원이 있는데.”

“어떤 소원?”

“내 또래 금붕어가 한 마리만이라도 생기면 얼마나 좋을까?”

붕붕이는 어쩌면 달님이 그 일을 해줄 수 있을 것 같았어요.

“그건 글쎄 정말 어려운 일인데…. 잘못된 소원을 빌면 위험한 일이 생길지도 몰라.”

그날 밤 달님은 집에 가서도 내내 마음이 편하지 않았어요. 다음날 달님은 붕붕이의 고민을 들어주기로 했어요. 주인집 딸의 꿈속에 들어가서 붕붕이에게 친구들을 만들어달라고 했어요. 붕붕이가 너무너무 외로워 한다고요.

며칠 후, 붕붕이는 눈을 떴어요. 낮잠인지 밤잠인지 구별이 잘 안 될 때였어요. 물 밖에서 한참 소란을 피우는 소리가 났어요. 눈을 비비고 정신을 차려보니 사람의 목소리가 들렸어요.

“조심해요. 아직 어리잖아요.”

“모르겠다. 네가 소원이라니까 연못에 넣어주는 거야.”

그 순간, 붕붕이는 물 폭탄을 맞았어요. 어지러워서 그만 눈을 감고 말았어요. 이 목소리는 정말 오랜만에 들어본 주인집 막내딸과 아빠의 목소리였죠. 몸을 몇 바퀴 구르고 살펴보니 글쎄 작은 붕어들이 떼 지어서 들어와 있지 않겠어요? 손톱만한 붕어들이 색깔도 갖가지였어요. 빨강, 주황, 노랑, 갈색 등 가로와 세로로 헤엄치면서 키득키득했어요. 붕붕이는 입안 가득 힘껏 모래를 삼켰어요.

"웩!"

너무 많이 먹어서 저도 모르게 소리를 질렀어요.

순간 알록달록한 작은 붕어들이 꼼짝하지 않고 죽은 듯이 멈췄어요. 어마어마하게 큰 붕붕이를 보자 그만 깜짝 놀라고 만 거예요.

붕붕이야말로 입을 다물 수 없을 정도로 놀랐던 것이죠.

머쓱해진 붕붕이는 몸을 가다듬고 입을 열었어요.

"자, 애들아. 난 이 연못 주인, 아니 여기에 먼저 들어온 붕붕이란다. 반가워. 여기 있는 것들은 다 네 친구들이란다."

붕붕이의 말에 작은 붕어들이 합창을 했어요.

"저희도 반가워요!"

작은 붕어들이 붕붕이 몸에 찰싹 달라붙었어요. 지느러미는 물론 등과 배를 어루만지는가 싶더니, 수염도 잡아당겨 보고 눈두덩이에도 앉아 보고 마름에게도 달라붙어 한참을 놀았어요.

붕붕이와 마름이 하이파이브를 했어요. 물 밖 앵두나무 옆에서 강아지도 연못을 한참 내려다봤어요. 개구리도 소식을 듣고 풍덩 들어왔어요. 이제 붕붕이는 더 바랄 것이 없다고 생각했어요. 그렇게 바라던 또래 붕어가 한두 마리만 와도 좋은데 떼거리로 몰려오다니! 붕붕이는 날마다 행복했어요. 붕어들은 아예 잠도 안 자고 연못을 들쑤시고 다녔어요. 붕붕이는 안중에도 없고 자기들끼리 엎치락뒤치락하면서 마치 운동회 날 같았어요. 연못가에 만국기가 걸린 것 같았어요.

이제 붕붕이가 할 일은 붕어들이 편히 지낼 수 있게 자리를 마련해 두는 일이에요. 집안도 깨끗이 치우고 돌 틈도 조금씩 넓혔어요. 정리 정돈된 자리를 훑어보니 뿌듯했어요. 붕어들이 금세 알고 새로운 터에서 편하게 쉬곤 했어요.

붕붕이는 이제 소원을 이루었어요. 며칠 동안 날이 흐려서 달님이 안 왔는데 오늘 밤은 올 수 있는 날이에요. 드디어 동쪽 산꼭대기에서 달님이 빠끔히 고개를 내밀었어요.

붕붕이는 들뜬 기분으로 달님을 맞이했어요. 붕어들도 붕붕이 기분을 알았는지 고요했어요. 달님은 연못 한가운데로 왔어요. 붕붕이는 기쁜 소식부터 전했어요.

"내 소원이 이루어졌어. 네 덕분이야. 정말 고마워."

붕붕이 작은 가슴에서 콩닥거리는 소리가 났어요.

달님은 흐뭇했지만, 꼭 알아야 할 것이 있다며 붕붕이를 불렀어요.

어린 붕어들이 크기 전까지는 절대로 갈대숲 쪽으로 가서는 안

된다는 거였어요. 갈대숲에 가지 못하도록 지켜줘야 한다고 했어요. 갈대숲에는 어린 붕어들을 먹는 괴물 두꺼비가 이사를 왔다면서 단단히 일러줬어요.

"근데 어딨어? 벌써 잠들었나 보네."

"그래 애들이 엄청 놀기를 좋아해. 힘들었을 거야."

그날 달님은 연못이 멀어질 때까지 붕붕이를 향해 손을 흔들었어요. 가면서도 끝까지 엄지척을 해주었어요. 붕붕이는 마냥 좋아서 힘이 절로 생겼어요.

다음날, 먹구름이 잔뜩 펼쳐졌어요. 붕어들은 피곤한지 계속 잠들어 있었어요.

'당연히 떡잠을 자겠지.'

붕붕이는 꼬리도 치지 않고 조용조용 다녔어요. 지느러미도 날개처럼 접고 싶었어요. 붕어들이 푹 자고 일어나기만을 바랐어요.

'이런 날 늦잠은 최고의 보약이야. 암!'

붕붕이는 입가에 소리 없는 함박웃음이 덩그르르 묻어났어요. 한참을 기다려도 붕어들이 일어나지 않았어요. 할 수 없이 들어가서 깨우기로 했어요. 애들에게 달님도 소개해 주고 갈대숲에 대한 이야기를 해줘야겠다고 생각했거든요.

"애들아, 애들아. 그만 일어나야지."

앗! 그런데 문을 열고 들어가는 순간 횅한 거예요. 붕어들은커녕 물속 티끌 하나도 보이지 않았어요.

설마 애들이 갈대숲으로 가버린 것은 아닐까? 불안감이 몰려왔어요.

붕붕이는 돌 틈마다 샅샅이 뒤졌어요. 붕어는 한 마리도 보이지 않았어요. 연못 귀퉁이에 있는 갈대숲 쪽으로 갔어요. 벌벌 떨면서 갈대 이파리 사이로 고개를 내밀었어요. 알 수 없는 비늘이 둥둥 떠 있었어요.

믿기지 않았어요. 눈에 눈물이 그렁그렁 고였어요. 끝내는 눈물을 왈칵 쏟아내 엉엉 울고 말았어요. 구름을 타고 붕붕 떠다니다 툭 떨어진 기분이었어요.

붕어들이 조용한 연못에 몰려와서 붕붕이 마음을 발칵 뒤집어 놓고 갔어요. 이제 붕붕이는 아무 재미가 없었어요. 어깨도 축 처지고, 눈빛도 퀭해졌어요.

왜 기분이 좋을 때는 위험이 따를 수도 있다는 것을 당장 알리지 않았는지 후회가 됐어요.

밤하늘을 쳐다보는데 달님이 다가왔어요.

달님을 보자마자 붕붕이는 너무나 슬프고 괴로워서 그만 몸이 굳어버리고 말았어요.

달님이 미소를 지으며 말했어요.

"너 잘 때. 저 앞쪽 수초 사이에서 아기 붕어들을 만났어. 네가 깰까 봐 자기들끼리 술래잡기하며 놀고 있다던데."

"뭐 뭐라고?"

붕붕이는 단숨에 달려갔어요. 밤하늘에 별들도 달님과 함께 연
못으로 들어오고 있었어요. 갈대숲으로 가는 길에는 이미 마름이
초록 잎으로 만든 팻말을 하나 붙여 놓았어요.

〈아기 붕어 출입 금지〉

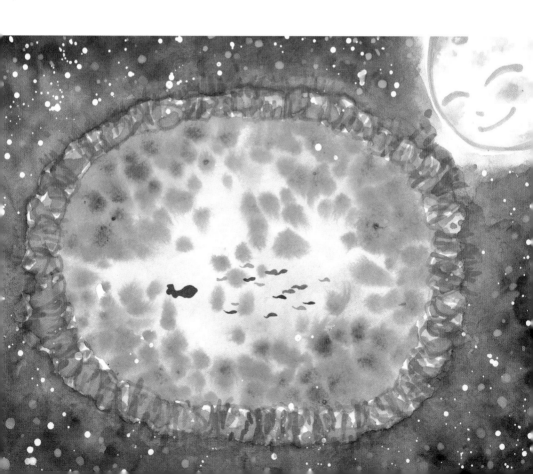

어느 달달한 가족

아침 일찍 학교 가는 길이에요. 은석이와 은지는 책가방을 멘 채 여기 저기 둘러보면서 가고 있어요. 아무리 일찍 집을 나와도 학교에 도착하는 건 언제나 꼴찌에요. 길가에 있는 온갖 것들을 보면서 가거든요. 그날도 개미들이 줄지어 소풍을 가고 있었어요.

은지가 소리쳤어요.

"오빠. 개미야, 개미!"

은석이도 덩달아 소리를 질렀어요.

"으으. 지렁이다!"

지렁이는 길 밖으로 나와서 힘껏 기어가고 있어요. 은석이가 막대기로 지렁이를 들어 올려 은지한테 보여주었어요. 지렁이는 몸에 흙을 잔뜩 바르고 꿈틀꿈틀했어요. 그 위를 흰나비가 훨훨 날

고 있었어요. 은석이는 시계를 보더니 소스라치게 놀랐어요. 곧
수업을 시작할 시간이 되어버렸어요. 은석이는 은지 손을 붙잡고
부랴부랴 뛰었어요. 책가방도 덩달아 울퉁불퉁 뛰었어요.

　은석이네 가족은 모두 여섯 명이에요. 할아버지가 도시에서 가
까운 시골에다 예쁜 벽돌집을 지어 은석이네랑 합친 거예요. 하지
만, 낮에 가보면 할머니만 보이지요. 은석이와 은지 엄마 아빠는

직장에 다니고, 할아버지는 매일 밖에 일하러 나가시거든요. 할머니는 엄청 젊어서 할머니라고 하면 깜짝 놀라는 사람들이 많아요. 할머니는 아직도 훨훨 나는 나비라고 말하곤 해요.

오늘은 뜬금없이 할아버지가 일찍 들어오셨어요.

"웬일이래요.? 대낮에 집에 들어오고."

할머니는 반가웠지만, 궁금했어요.

"당신 심심할까 봐. 말동무나 좀 해주려고…"

"오래 살고 볼 일이네요."

할아버지는 물을 한 컵 들이켰어요. 할아버지야말로 심심한지 작업복으로 갈아입었어요. 마당 옆에 일궈놓은 작은 텃밭으로 가서 일을 하기 시작했어요. 할머니는 어이가 없는지 혀를 차며 할아버지를 따라갔어요. 할아버지는 금세 풀을 뽑아낸 자리에 씨앗을 심고 괭이질을 했어요. 언제 그런 말을 했냐는 듯 할머니에게 말동무는커녕 온갖 심부름을 다 시키고 있어요.

'그러면 그렇지. 일 못하고 죽은 귀신이 붙은 거지.'

할머니가 입을 씰룩쌜룩하면서 구시렁댔어요. 할아버지는 눈만 뜨면 텃밭에서 일을 했어요. 하기야 열 평 남짓한 땅에 '몸부림 텃밭'이라고 팻말까지 달아 박아 놓았으니. 할머니는 못마땅해서 한마디 툭 던지기도 했어요.

"이참에 아주 밭에서 이불 깔고 사시구랴."

그러면 할아버지는 '허허' 하고 웃곤 했어요.

할머니 휴대폰에서 벨이 울렸어요. 할머니는 할아버지 귀에 들어가도록 큰 소리로 전화를 받았어요.

"그래? 그럼 한 시간만 기다려. 곧 나갈게."

할머니는 전화를 끊더니 손 장갑을 벗기 시작했어요.

"아니. 일하다가 말고 어딜 가오?"

할머니가 갑자기 나간다고 하니까 할아버지는 싫었던 거예요.

"당신 혼자 해요. 내 일이 아니잖아요."

"허 참, 네 일 내 일이 어딨어요? 집안일을 갖고."

"뭐 이 집이 내 집인가? 당신 집이니까 당신이 해요."

할머니가 심술궂게 말했어요. 할아버지는 일을 하다 말고, 어리둥절했어요. 할머니는 마침 집에 들어오는 은석이한테 눈을 맞췄어요.

"은석아. 내 말이 맞지? 할아버지가 대장이지. 문패에도 할아버지 이름만 새겨져 있고."

듣고 보니 은석이도 할머니 말이 맞는 것 같아 고개를 끄덕였어요.

할머니는 빠른 걸음으로 들어가 버렸어요.

그러자 은석이가 얼른 거들었어요.

"할아버지. 제가 도와드릴게요."

할아버지가 빙그레 웃었어요.

할아버지는 다시 하던 일을 계속했어요. 그 사이에 할머니는 온몸에 꽃단장을 했어요.

"나 좀 한번 태워다 주세요."

할머니는 약속 장소까지 자동차로 좀 태워다 달라고 말했어요.

그러나 할아버지는 할머니를 쳐다보지도 않았어요.

"일해야 하니까 놀러 나가는 분은 버스 타고 나가시구려."

"쳇! 세상에 차 있는 사람이 당신밖에 없는 줄 아우?"

할머니가 토라졌어요. 얌전히 돌아설 할머니가 아니었어요. 할머니는 보란 듯이 질퍽한 고랑에다 물을 엎질러 훼방을 놓고 대문 밖으로 팽 나가버렸어요.

"저. 저, 갈수록!"

할아버지는 혀를 끌끌 찼어요. 은석이는 쿡쿡 웃음이 나왔어요. 할머니 행동이 은지랑 같았어요. 특히 입 삐죽대는 것, 눈 치켜뜨는 것, 빠른 걸음으로 달려가는 것, 마음에 안 들면 픽 토라지는 모습이 판박이였어요.

할머니는 운전을 하지 않아서 볼 일이 생기면 버스를 이용해야 했어요. 평소에 할아버지 차를 타고 가는 걸 좋아했어요. 안 태워 준다고 하니까 화딱지가 났어요.

은석이는 할아버지 곁에서 일하는 모습을 지켜보다가 개미집을 발견했어요. 은석이가 개미를 꿰뚫어보면서 관찰을 하고 있었어요. 개미들이 나란히 등에다 짐을 지고 가고 있었어요.

은석이가 개미한테 빠져 있는 동안 은지는 심심했어요.

"오빠. 나랑 좀 놀아 줘."

은석이는 들은 척도 안 했어요. 한참 후에 또다시 졸라도 아예 못 알아들었어요.

은지는 심통이 나서 개미들을 '훅' 하고 불어버렸어요. 그러자 개미들이 순식간에 흩어졌어요. 은석이는 소리를 버럭 질렀어요.

"야. 너 땜에 개미가 다 도망갔잖아?"

은석이는 은지 머리를 한 대 콩! 때렸어요.

"으앙!"

은지는 할머니 대신 할아버지가 달래주기를 기다렸어요. 그래서 울음을 그치지 않았어요. 그런데 할아버지는 못 본 척 했어요. 하는 수 없이 울음을 그쳤어요. 자기 편이 되어줄 할머니는 물론 아빠 엄마가 오려면 당당 멀었기 때문이에요. 은지는 아픈 것보다 억지로 우는 일이 더 힘들다는 것을 알았어요.

저녁밥 지을 시간이 되자 할머니가 먼저 들어왔어요.

뽀로통해진 은지를 보더니 할머니가 대번에 눈치를 챘어요.

"오빠가 또 우리 은지를 울렸구나."

할머니가 은지를 보듬어 주려는데 할머니 손을 뿌리쳤어요.

"할머니 미워!"

"에그~ 내 강아지가 할머니 없다고 울었구나."

할머니는 은지를 달래고 또 달랬어요.

"내일은 많이 놀아 줄 테니 이리 오너라."

할머니는 호주머니에서 은지가 좋아하는 사탕을 꺼냈어요.

그제야 은지는 마음이 풀렸어요. 싱글벙글 웃으며 사탕을 입에 물었어요.

다음 날이에요. 학교 다녀 온 은지는 책가방을 벗기도 전에 할머니께 졸랐어요.

"할머니, 나랑 달리기해요."

할머니는 깜짝 놀랐어요. 할머니에게 달리기란 꿈도 못 꾸는 일이에요. 아무리 젊어 보이는 할머니지만 마지막으로 달린 기억이 언제였는지 까마득했어요. 할머니 표정이 일그러지자 은지가 물었어요.

"할머니는 학교 다닐 때 달리기 안 했어? 빨리요 빨리."

은지는 할머니 손을 잡아끌었어요.

"저어. 은지야 달리기 말고 다른 거 하면 안 될까?"

"음. 그럼 종이접기 해요."

할머니는 어렸을 때 해본 종이접기를 떠올렸어요. 너무 아득한 옛날이라 제대로 할 수 있을지 난감했어요. 할머니가 또 머뭇거렸어요.

"할머니는 종이접기도 할 줄 몰라?"

"아니. 할 줄 알아. 종이비행기와 바지저고리…"

"아우. 그런 거 말고요. 토끼나 꽃 그리고 은행잎이랑 조각 케이크 이런 거요."

　할머니는 눈이 똥그래졌어요. 접을 줄 아는 거라곤 겨우 종이비행기와 바지저고리밖에 없었어요. 그마저도 생각이 가물가물했어요. 은지와 놀아 주는 일이 갈수록 힘들었어요.

　은석이도 옆에서 종이접기 할 때 같이 하려고 기다리고 있었어요.

　할머니가 색종이를 가지고 접었다 폈다를 반복하면서 허둥댔어요.

　"엄마는 다 해주는데 할머니는 학교도 안 다녔어?"

할머니 머리에서 땀이 나기 시작했어요.

'어휴~ 저 쪼끄만 것이.'

한 대 꽉 쥐어박아도 시원찮을 판이었어요. 실은 은지 잘난 맛에 기분 좋을 때도 많았어요. 평소에 할머니 친구들이 똑똑한 손녀를 두었다는 말을 곧잘 들었어요. 근데 그날은 말끝마다 얄미웠어요. 아무리 젊어 보이는 할머니지만 속이 좀 뒤틀렸어요.

'야. 내 나이 때 대학 졸업한 사람이 흔한 줄 아니? 내가 이래봬도 고급진 할머니야 이것아!'

할머니 마음이 10원짜리 동전만큼 작아졌어요. 기분이 꼬여서 슬그머니 방으로 들어와 버렸어요.

얼마 후에 할아버지가 들어왔어요. 맨바닥에서 베개만 베고 누워있는 할머니께 물었어요.

"어디 아프오?"

"······."

가만히 보니 손녀와 놀다가 토라진 티가 줄줄 났어요. 할머니는 못 참겠는지 벌떡 일어나서 할아버지께 하소연을 했어요.

"으유. 은지 고것이 아주 영악하다 못해 요망지다니까요."

"허허. 그 핏줄이 어디 가오?"

가만히 듣고 보니 할머니 자신도 남편한테 대하는 태도나 말투가 좋지는 않았던 것 같아요. 미안한 마음이 생겼어요.

할머니는 당분간 은지를 슬슬 피해 다녔어요. 물론 은지는 아무

일도 없었던 것처럼 할머니를 대했어요. 은석이는 할머니 눈치를 보게 되었어요. 그날 할아버지가 차를 안 태워줘서 아직도 마음이 풀리지 않았다고 생각했어요.

"할머니. 나중에 크면 제가 자동차 한 대 사드릴게요."

할머니는 은석이 말에 금세 얼굴이 환해졌어요. 그 찰나에 은지가 쪼르르 오더니 끼어들었어요.

"나는 할머니가 꼬부랑 할머니 되면 예쁜 꽃무늬 원피스 사드려야지."

'뭐라고. 꼬부랑 할머니? 내가 미친다 미쳐.'

정말 은지 말은 끝까지 밉상 말투였어요.

송편달이 떠 있는 밤입니다. 은석이네 식구들은 평상에 앉아서 향 좋은 허브차를 마시고 있어요. 할머니가 직접 허브 이파리를 따서 만든 화한 박하 차에요.

은석이 아빠는 조심스럽게 말을 꺼냈어요.

"아버지 어머니. 요즘 은지가 힘들게 하죠? 말이 얼마나 많이 늘었는지 우리도 당황할 때가 한두 번이 아니에요."

은석이 엄마도 거들었어요.

"맞아요. 저희가 계속 주의를 주고 있어요."

할머니는 얼굴이 붉게 달아올랐어요.

"니 아버지가 날 닮아 그런단다. 아서라. 똑똑한 애 망칠라."

옆에서 지켜본 할아버지는 은석이한테 살짝 윙크를 했어요. 은지가 또 나서더니 한 방을 날렸어요.

"엄마. 나도 나중에 할머니처럼 똑똑한 할머니가 될 거야."

딱 1초 동안 정적이 흐르더니 평상이 꺼질 정도로 온 가족의 웃음보가 터졌어요.

할아버지가 큰 소리로 한마디 하셨어요.

"그래도 나는 네 할머니 덕분에 지금까지 일한단다. 누가 뭐래도 네 할머니는 할아버지의 주치의야. "

은지가 참지 못했어요.

"엄마 아빠도 나 때문에 일한다던데, 역시 할머니는 나랑 똑 같아요."

은석이네 가족은 날마다 달달한 웃음소리가 담을 넘곤 했어요. 역시 은석이네 가족은 달달한 가족이 맞아요.

으뜸이 되고 싶어

언덕진 돌담에 욕심이 많은 담쟁이넝쿨이 살았어요. 봄 햇살에 몸을 맡겼더니 연한 싹이 뾰족 올라왔어요. 담쟁이넝쿨은 자신이 자라게 될 돌담 자리를 살폈어요.

그러다가 샛노란 민들레와 눈이 딱 맞닥뜨렸어요.

"야. 너 여기가 어딘 줄 알고 뿌리를 내려?"

"돌담 사이인데 왜요?"

담쟁이넝쿨은 민들레의 되물음이 몹시 거슬렸어요.

"여기는 위험하기 짝이 없는 곳이야. 알아?"

"알지만 어쩔 수 없었어요."

민들레는 바람이 데려다주는 곳으로 무작정 싹을 틔웠기 때문에 도리질만 했어요.

굳이 돌담 사이에서 자신이 태어날 줄은 꿈에도 생각을 못 했어요.

"암튼 옆으로 옮겨 가. 알겠니?"

담쟁이넝쿨은 민들레가 걱정된다기보다 귀찮다는 말투였어요. 하지만 터무니없는 말이었어요.

담쟁이넝쿨 마디마다 검붉은 새 이파리가 햇살에 반짝반짝 빛났어요. 점점 커지더니 연둣빛 색깔로 변하기 시작했어요. 넝쿨도 쭉쭉 뻗느라 바빴어요.

이번에는 바로 옆에서 제비꽃과 눈이 마주쳤어요.

"야. 너도 여기 있니? 애들이 겁도 없이 피었다니."

"왜요? 저는 여기가 편안하고 좋은데요."

제비꽃 역시 담쟁이넝쿨의 말에 고개를 갸우뚱거렸어요.

"우리가 걱정돼서 그러시는 거죠?"

'뭐라고? 내가 왜 너희들을 걱정해.'

담쟁이넝쿨은 어이가 없었어요.

"쪼끄만 것들이 아주 버릇이라곤 없구나."

제비꽃은 함부로 굴지도 않았는데 억울했어요. 평소에 착하고 반듯하다는 말을 많이 들었거든요. 제비꽃은 금세 눈에서 눈물이 또로록 맺혔어요.

담쟁이넝쿨은 이파리가 조금씩 커졌어요. 그 사이에 제비꽃은 벌써 다 졌어요.

담쟁이넝쿨은 민들레도 제비꽃처럼 빨리 지고 없어지기를 바랐어요.

그런데 민들레는 지지 않고 계속 꽃을 피워냈어요. 아침마다 언제 그랬냐는 듯 방긋방긋 인사를 했어요.

'어휴. 저 조막만 한 꽃이 애간장을 태우는구나.'

담쟁이넝쿨은 속이 탔어요.

넝쿨을 빨리빨리 키워서 민들레까지 덮고 싶었어요.

사람들은 담쟁이넝쿨보다 그 사이에 환하게 핀 민들레에게 관심이 더 많았어요.

"흥, 칫! 노랗고 앙증맞으면 다야? 쟤는 반짝반짝 윤기가 나기를 해, 초록초록 싱그럽기를 해. 암. 당연히 내가 으뜸이지."

"제발 제발!"

"에구 깜짝이야."

담쟁이넝쿨은 귀신에게 홀렸나 싶어 두리번거렸어요.

하지만 아무리 찾아봐도 눈에 띄지 않았어요.

'내가 저 쪼끄만 꼬맹이들 때문에 신경을 썼더니 이젠 헛소리까지 들리는구나.'

담쟁이넝쿨은 이파리를 곧추세우고 정신을 똑바로 차렸어요.

다시 마음을 다잡고 돌담을 덮는 데에만 힘을 기울였어요.

어느 날이었어요.

　　비바람이 세차게 몰아쳤어요. 심술궂은 비바람은 길이 아닌 사
방으로 몰려다니고 나뭇가지를 부러뜨렸어요. 담쟁이넝쿨은 무서
워서 몸을 벌벌 떨었어요.

　　"어어엇. 으으웃."

　　담쟁이넝쿨 눈앞에서 여린 넝쿨이 비바람에 흔들리며 내는 소
리였어요.

"아이고 저 녀석이 그네 타기를 좋아하더니."

옆에서도 여린 넝쿨이 비바람에 찢기기라도 할까 봐 걱정이 태산이었어요. 담쟁이넝쿨도 휩쓸리지 않으려고 배를 납작하게 엎드렸어요.

비바람이 빨리 그치기를 애타게 기다렸어요. 기어이 비바람은 밤새 훼방을 놓았어요. 여린 넝쿨을 패대기치듯 내던지고 지나갔어요.

담쟁이넝쿨은 다시 돌담을 덮는 일에 열중이었어요.

올해 할 일은 돌담을 모조리 덮어 사람들이 아예 돌담인지 아닌지 구분할 수 없도록 만드는 일이었어요.

담쟁이넝쿨이 지쳐 있을 때였어요.

지나가던 연회색 구름이 발길을 뚝 멈추고 물었어요.

"왜 그러고 있어. 어디 아파?"

"기분이 꿀꿀해서 그래요."

"?"

연회색 구름은 담쟁이넝쿨의 속마음을 모른 척하고 지나갔어요.

가면서도 마음 한켠이 걸려서 자꾸 뒤를 돌아보았어요.

담쟁이넝쿨은 다시 새 기운이 생겼어요. 드디어 돌담을 거의 다 덮어가고 있었어요.

담쟁이넝쿨은 자신이 갖은 노력을 해서 이루어졌다고 생각했어요.

'휴우. 지금부터는 사람들이 날 보면 감쪽같이 속을 거야. 돌담을 모조리 덮었으니 깜빡 넘어가겠지. 나는 빛날 일밖에 없어.'

그날 밤, 둥그런 달님이 말을 걸었어요.

"세상에나! 하도 반짝거려서 난 뭔가 하고 왔더니 너였구나."

"네네. 제가 어두운 밤에도 벌써 빛이 났나 봐요."

담쟁이넝쿨은 당연하다는 턱을 들고 도도하게 말했어요.

"그. 그랬나 봐."

달님은 하고 싶은 말이 있었지만 입을 꾹 다물어 버렸어요.

'얘가 설마 자신의 노력으로만 컸다고 착각하진 않겠지.'

담쟁이넝쿨을 보니 너무 자신에 차 있었던 거예요.

날이 밝아오자 이번에는 담쟁이넝쿨이 해님을 불렀어요.

"저 눈부시지 않나요? 어젯밤 달님이 밤에도 빛난다고 했거든요."

담쟁이넝쿨은 넝쿨을 배배 꼬면서 말했어요.

"지금껏 눈부시려고 그렇게 애썼던 거야?"

"돌담도 다 덮고… 사람들한테 관심도 받고 좋잖아요."

해님은 담쟁이넝쿨의 말이 채 끝나기도 전에 가버리고 말았어요.

담쟁이넝쿨은 그제서야 노란 민들레가 사는 곳을 힐끗 쳐다봤어요.

'그러면 그렇지. 네가 아무리 계속 꽃을 피워내도 나한텐 못 당하지.'

담쟁이넝쿨은 자기 몸을 키워 돌담은 물론 제비꽃과 민들레까지 모조리 덮고 말았어요.

어느새, 살랑바람이 솔솔 불어왔어요.

"이런 이런! 내 몸을 더 크고 빛나게 키울 수 있는데 망쳤군."

담쟁이넝쿨은 더 이상 클 수가 없게 됐어요.

"휴우. 다행이다."

"엉?"

담쟁이넝쿨은 아무리 생각해도 이상했어요. 묵직한 소리가 꽃들의 속삭임은 아니었어요. 담쟁이넝쿨은 그동안 이상한 말을 누가 했는지 꼭 알아내고 말겠다고 다짐했어요. 그래서 그날은 하루 종일 귀를 기울이고 있었어요.

가만! 갑자기 정신이 번쩍 들었어요. 담쟁이넝쿨은 돌담을 깜박 잊고 살았던 거예요. 돌담을 무시하고 무조건 덮어버리고자 했어요. 돌담에 뻗은 뿌리를 내려다봤어요. 돌담은 자신의 자리를 한 없이 내어주고만 있었어요. 담쟁이넝쿨이 돌담을 다 덮어도 군소리 한번 하지 않고 있었어요. 알고 보니 그동안 한 번씩 들렸던 이상한 소리는 돌담이 하는 말이었어요.

얼마 후, 멜빵 아저씨가 왔어요.

"어이쿠. 요것들이 아주 난리 났네!"

멜빵 아저씨는 갑자기 담쟁이넝쿨을 뜯기 시작했어요.

"어어어. 왜 이래요?"

담쟁이넝쿨은 자다가 뒤통수를 맞은 것처럼 크게 소리를 질렀어요.

순식간에 자기 몸이 상처투성이가 되었어요.

"담쟁이를 정리하니까 돌담이 사는구만."

멜빵 아저씨가 돌담을 둘러 본 후 혼잣말을 하더니 손을 탁탁 털고 떠났어요.

'흑흑 흐으흑!'

담쟁이넝쿨이 억울해서 서럽게 울었어요. 담쟁이넝쿨은 지금껏 노력한 일이 물거품이 되었다고 생각했어요. 밤새 울어서 눈이 퉁퉁 부었어요.

돌담은 턱을 괴고 조용히 지켜보고만 있었어요.

"실은 나도 간혹 사람들이 으뜸이라고 해. 넌 이제 가만히 있어도 이파리가 단풍으로 물들어 꽃보다 더 예뻐질 거야."

돌담은 담쟁이넝쿨에게 조용히 속삭였어요. 담쟁이넝쿨은 믿을 수가 없었어요.

그때, 연회색 구름이 지나가다가 얼굴을 삐쭉 내밀었어요.

"너는 돌담에 있으니까 더욱 빛나는구나. 제비꽃과 민들레도 돌담 사이에서 빛났지."

돌담이 불쑥 나섰어요.

"우린 다 으뜸 친구니까요."

담쟁이넝쿨은 저도 모르게 얼굴이 붉디붉어졌어요.

누가 내 친구야?

장맛비가 그친 후텁지근한 날이에요. 대밭가에서 민달팽이 한 마리가 혼자서 놀고 있어요. 옆 마을에 사는 집달팽이 친구와 싸워서 달팽이 친구들이 다 싫었어요. 집달팽이가 민달팽이에게 못생기고 느리다고 놀렸거든요. 생각만 해도 더듬이가 다 떨렸어요. 이제 다시는 달팽이들과는 놀지 않을 거라고 마음을 굳게 먹었어요. 그때 마침 꿀벌이 날아가고 있었어요.

"꿀벌아. 나랑 놀자."

"으웃. 징그러워서 싫어."

꿀벌은 민달팽이를 보더니 얼굴을 우글쭈글 잔뜩 일그러뜨렸어요.

나비와 무당벌레도 만났지만, 민달팽이를 쳐다보지도 않았어요. 민달팽이는 외모에 관심이 없는 다른 친구를 만들고 싶었어요. 어쩌면 개미처럼 말도 없이 열심히 일만 하는 친구들이 민달팽이의 마음을 알아줄지 모른다고 생각했어요. 마음을 굳게 먹은 민달팽이는 일개미를 친구로 만들어야겠다고 생각했어요. 일개미는 자신보다 열 배나 더 큰 알덩이를 짊어지고 가고 있었어요.

"일개미야. 무겁지 않니. 쉬어가면 어때?"

일개미는 땀을 뻘뻘 흘리면서 힐끗 쳐다보았어요. 그러지 않아도 오르막길이 힘들어서 쉬어가고 싶었던 참이었어요.

일개미는 이마에 땀을 닦고 잠시 쉬었어요.

민달팽이는 이때다 하고 일개미에게 말을 붙였어요.

"있잖니. 너 나랑 친구 할래?"

"친구?"

개미는 한참을 쳐다보더니 말했어요.

"혹시, 네 등에 미끄럼 태워줄 수 있어?"

민달팽이는 고개를 끄덕끄덕했어요.

일개미는 민달팽이가 미끄럼을 태워주겠다고 하자 그 대신 친구가 돼주겠다고 했어요. 일개미는 신이 났는지 엉덩이를 실룩실룩 거렸어요.

다음 날이에요. 장맛비가 오락가락할 때였어요. 잠깐 비가 그쳤는데도 일개미는 오지 않았어요. 민달팽이는 먹구름만 쳐다보며 울상을 지었어요.

'그러면 그렇지. 일개미도 내가 징그러웠던 거야.'

누가 내 친구야?

민달팽이는 또다시 혼자가 되었어요. 나뭇잎에 앉아 있자 눈물이 또르륵 나왔어요. 눈이 퉁퉁 부은 채 집으로 들어갔어요.

민달팽이의 부모님도 또래 친구와 어울리지 않고 자꾸 다른 친구들을 사귀려고 해서 걱정이 많았어요.

"아가야. 옆집 점박이달팽이도 있고, 뒷마을 또래도 많은데 같이 놀지 않겠니?"

"싫어요. 이제 날 모르는 새 친구들과 놀고 싶어요. 그 녀석들은 날 보면 맨날 놀리기만 하는 걸요."

민달팽이는 물 구슬이 매달린 풀잎에 앉아 골똘히 생각했어요.

'장맛비가 끝나면 일개미가 올 거야. 암!'

민달팽이는 일개미가 꼭 올 거라고 믿고 주문을 외웠어요.

드디어, 일개미가 활짝 웃으면서 나타났어요.

"민달팽이야. 나 왔어. 같이 놀자."

일개미는 오자마자 민달팽이에게 미끄럼을 태워달라고 졸랐어요.

"빨리빨리."

민달팽이는 얼떨결에 몸을 반쯤 일으켜 미끄럼틀을 만들었어요.

앗. 그런데 아뿔싸! 일개미가 한 마리만 온 것이 아니었어요. 우글우글 떼거리로 몰려들었어요. 일개미의 줄은 끝이 보이지 않았어요.

"개미1, 개미2, 개미3⋯ 49, 50, 51⋯ 101, 102⋯"

민달팽이는 꿈인지 아닌지 알 수가 없었어요. 일개미가 친구를

해주기는커녕 미끄럼을 타기 위해 온 것 같았어요.

민달팽이는 첫날이니까 힘들어도 참기로 했어요. 그러지 않으면 일개미가 친구를 해주지 않을 것 같아 꾹 참고 미끄럼을 태워주기 시작했어요.

"와 재밌다."

"하핫 신난다."

일개미를 따라온 떼거리 개미들은 좋아서 어쩔 줄 몰랐어요. 개미 수백 마리를 태워주고 나자 민달팽이는 허리가 부러질 것 같았어요. 개미떼를 다 태워주자면 하루 종일 걸려도 끝이 날 것 같지 않았어요.

끼니를 굶었더니 배도 고팠어요. 민달팽이는 일개미에게 쉬어가자고 말했어요.

"아이고. 허리 아프고 배도 고파서 쉬어야겠어."

"한참 재밌게 노는데 뭐야. 나 그럼 친구 안 할래."

"아냐, 아냐. 계속 타. 참을 수 있어."

민달팽이는 일개미와 꼭 친구가 되고 싶었어요.

허리를 다시 일으켜 세웠어요. 허리는 두 동강이가 날 것 같았지만 이를 악물었어요.

"일개미야, 오늘만 이렇게 고생하면 되지?"

"나보다 얘네들이 더 좋아해."

일개미는 신나게 미끄럼 타는 개미떼에게 관심이 더 많았어요.

"일개미야. 오늘부터 친구 되는 1일이야."

일개미는 들은 척도 하지 않았어요.

"근데 내일부터는 너 혼자 오면 안 돼?"

일개미는 대답 대신 홀라당 올라가서 미끄럼만 탔어요. 자기들끼리 노느라고 정신이 없었어요. 일개미는 어두워지자 그제야 집으로 돌아갔어요.

민달팽이는 일개미를 보내고 나니 눈물이 나왔어요.

'괜히 친구 하자고 했나.'

그러나 곧 마음을 다잡고 내일이면 일개미랑 같이 놀 생각을 하니 기분이 가벼워졌어요.

'내일은 일개미하고 대밭에서 풀잎 타고 놀아야지.'

민달팽이는 고단한 몸을 이끌고 집으로 향했어요. 밥 먹을 힘도 없어서 물만 대충 들이켜고 잠을 잤어요.

비구름이 낮게 깔린 날이에요.

"민달팽이야. 놀자."

"엉?"

일개미는 약속대로 민달팽이 집에 놀러 왔어요. 그런데 풀 사이로 빼꼼히 내다보니 일개미는 자기 친구들을 또 몽땅 데리고 왔어요. 일개미는 민달팽이를 다시 불렀어요.

"민달팽이야. 나 왔어."

민달팽이는 어제와 똑같이 친구들을 데리고 온 일개미가 괘씸

했어요.

"이상하다? 분명히 오늘도 오라고 했는데."

일개미는 이리 기웃 저리 기웃하면서 한참을 그렇게 기다렸어요.

"애들아, 오늘은 그냥 가자. 민달팽이가 없나 봐."

"싫어, 싫어. 우리 미끄럼 타고 싶단 말야."

일개미는 할 수 없이 기다리기로 했어요. 민달팽이는 끝까지 없는 척하자니 마음이 켕겼어요.

민달팽이는 헛기침을 두어 번 하고 나서 느릿느릿 일개미를 맞았어요.

"엇! 집에 있었구나."

"으응. 느, 늦잠을 잤어."

민달팽이는 일부러 말을 더듬었어요.

"오늘 나 혼자 오려고 했는데 애네들이 자꾸 따라온다고 해서…."

일개미는 어제처럼 한 줄로 계속 들어오고 있는 개미떼를 보자 미안해 했어요.

민달팽이는 언젠가 엄마에게 들었던 말이 파르륵 떠올랐어요. 곤란한 일이 생길 때 용기가 필요하다고 했어요.

"오늘은 쉬어야겠어."

"쉬다니. 그럼 애네들은 어떡해?"

일개미는 눈이 똥그래졌어요.

민달팽이는 어제 했던 말이 떠올라 더욱 용기를 냈어요.

"내가 어제 너 혼자 오라고 했잖아."

"그런 말 했다고? 못 들었어."

일개미는 노느라고 정말 못 들었는지 팔짱을 끼고 대들었어요.

민달팽이는 미안했지만 그렇다고 일개미의 사정을 들어줄 수가 없었어요. 몸이 아파서 움직일 때마다 너무 힘들었어요. 일개미가 오면 하소연이라도 하면서 몸과 마음을 달랠 참이었어요.

잠시 후 일개미는 코를 씩씩거리면서 돌아갈 준비를 했어요.

'흥! 칫! 뿡!'

일개미의 화난 마음은 좀처럼 가라앉질 않았어요.

민달팽이는 속으로 생각했어요.

'그래. 마지막이다.'

일개미 앞에 대고 다시 허리를 곧추 세웠어요. 금세 화가 풀어진 일개미는 친구들과 작정하고 미끄럼을 타기 시작했어요. 민달팽이는 온몸을 두들겨 맞은 듯이 아파왔어요. 민달팽이는 저도 모르게 이를 악물었어요.

"그만!"

일개미는 민달팽이의 말이 귀에 들리지 않았어요. 일개미는 신나게 미끄럼 타는 개미떼에게 정신이 팔려 있었어요. 민달팽이의 허리는 점점 무너져 내렸어요.

민달팽이가 크게 소리쳤어요

"이제 그만!"

개미떼가 미끄럼을 탄 줄 알았더니 민달팽이를 물어뜯고 있었어요. 끝내는 바닥에 철퍼덕 넘어졌어요. 그래도 개미떼는 민달팽이 위에서 내려올 줄 몰랐어요.

그때였어요.

갑자기 먹구름이 몰려오더니 소나기를 퍼붓기 시작했어요. 개미떼는 그제야 헐레벌떡 도망치기 시작했어요.

민달팽이의 몸은 엉망진창이 되었어요. 그런데 며칠 앓고 나더니 몸이 거짓말처럼 원래대로 돌아왔어요. 개미 때문에 고생했던 것은 까맣게 잊어버리고 새 친구를 찾아야겠다는 생각이 들었어요.

'이번엔 누구를 부를까?'

민달팽이는 지나가는 물잠자리를 불렀어요.

"물잠자리야. 나랑 친구 할래?"

물잠자리는 날아가다가 말고 멈칫했어요. 미끌하게 생긴 민달팽이를 보더니 소스라치게 놀랐어요.

"너 지금 뭐라고 했니? 나랑 친구하자고. 기가 막히고 코가 막힌다."

물잠자리는 날개를 날쌔게 털더니 팽 날아가고 말았어요.

'칫. 싫다고 하면 되지. 날개 떨어지겠네.'

민달팽이는 심심했어요.

하품이 계속 나오더니 졸음이 쏟아졌어요.

몸이 피그르르 쓰러져 막 잠이 드려는 찰나에 집달팽이가 보고 까르륵 웃었어요.

"야. 왜 웃어?"

"하하 호호. 그 큰 덩치가 졸고 있으니 웃기잖아."

민달팽이는 잠이 확 달아났어요. 일어나서 자신의 몸을 가다듬었어요. 방해꾼 집달팽이는 계속 옆에서 맴돌고 있었어요.

"너 안 가니?"

"내 맘이야. 여기가 네 땅이니?"

민달팽이는 발끈했어요.

"참 나. 어처구니가 없네."

이번에는 말이 막혔어요. 집달팽이는 집과 밖을 오가면서 더듬이깨나 움직이고 혼자 잘 놀고 있었어요. 민달팽이는 그러는 집달팽이가 신기해서 물었어요.

"넌 혼자서도 아주 잘 노는구나."

"나도 처음엔 못 놀았어. 놀다 보니 이젠 혼자서도 안 심심해."

'그러면 나도 혼자 놀아 볼까?'

민달팽이는 이제 지나가는 꿀벌과 물잠자리를 불러 세우지 않아도 되었어요. 다만 일개미를 보게 되면 혼자서도 잘 놀 수 있게 되었다고 말해 줄 참이에요.

집달팽이는 항상 옆에 있어 줄 수 있다고도 했어요. 나중에는 점박이달팽이까지 와서 같이 놀았어요. 민달팽이가 모르는 정말 많은 달팽이들이 있다는 것을 알려줬어요.

　　다들 혼자서도 잘 놀고 있다고 했어요.

　　하늘에서도 민달팽이와 달팽이 친구들처럼 비구름과 흰 구름이
번갈아가며 놀고 있었지요.

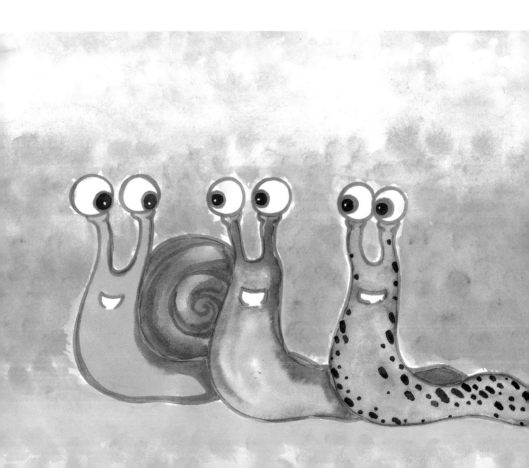

달마루에 사는 나무들

초판 1쇄 인쇄   2024년 12월 06일
초판 1쇄 발행   2024년 12월 13일

—

지 은 이   안영옥
그 린 이   박희선
펴 낸 이   임성규
펴 낸 곳   아꿈
디 자 인   정민규

—

출판등록   2020년 12월 23일 제363-2020-000015호
주   소   62357 광주광역시 광산구 월곡산정로 20-49 101동 106호
전자우편   a-dream-book@naver.com

—

ISBN 979-11-981348-9-9 73810

이 책은 🌊전라남도 🌊전라도 **문화재단**의 후원을 받아 발간(제작)되었습니다.

어린이제품 안전특별법에 의한 표시사항

제품명 도서 **제조년월일** 2024년 12월 13일 **제조사명** 아꿈 **주소** 광주광역시 광산구 월곡산정로 20-49 101동 106호 **제조국명** 대한민국 ⚠️**주의** 책 모서리에 찍히거나 책장에 베이지 않게 조심하세요.